# 被黑潮撞響的島嶼

綠島詩・畫・攝影集

# 被黑潮撞響的島嶼 代序　　白靈

綠島，是島外之島，黑潮，是水中之水。

　　一個隱約在我們前方，身影快速上下晃動，另一個藏身在船舶下方，正以其龐偉不可見的能量輕鬆翻弄每一個人小小的胃。這時幾乎無人可以站起身來，更不要說想拿起相機捕捉船舷外搖晃不止的島嶼身影了。大約95%的人都吐了，這是島與海相激相觸時促狹合作、捉弄、演出的惡作劇。那時我們對綠島所知極為有限，對黑潮的存在，更是模糊不清。即使到了島上，租了摩托車，住進民宿，快速繞島一圈，看了幾處景點，約略地瞭解了小島大致景色和規模，到了晚餐，一夥人依然哄哄鬧鬧，還是一派旅行時的悠遊鬆弛心情，完全無法預測來去之間心境可能的落差。我們像初生之小礁嶼，潛伏的暗流以看不見力道正在前來，準備狠狠撞擊我們。

　　「預期的」跟「遇到的」相距何其遠，這還是頭一回。

　　那晚下了雨，無處可去，一夥人進了一家叫「大哥的店」，是被門前的「幹！綠島真熱」的招牌所吸引。那個「幹！」字寫得特大，旁邊畫了一個穿白底黑橫條、理平頭的囚犯，看起來凶神惡煞的大哥模樣。整家店佈置得就像監獄內的人出來開的販賣店，由玻璃門、櫥窗、地板、牆壁、櫃臺、到天花板無處不畫著各式各樣卡通式的大哥級人物、及其所作所為。當然多半是諷刺性的，包括他們要寶、威風、懼警、泅海、賭博、逃亡、被鯊魚追等各式作為，店內有各式誇張搞笑形式畫的漫畫，還有囚衣、橋牌、逃亡用的縮小版「傢私」（器具）。甚至還佈置了兩間小

囚房，供人拍照。老板慷慨地讓我們任意攝影，還說放進部落格、出版物都沒關係。他甚至拆下一塊天花板任我們在上頭肆意塗鴉寫字，那一夜，我們拿著相機取盡了「卡通大哥們」的鏡頭，戲謔地假扮「大哥」或「大哥的女人」，開盡了「大哥們」的玩笑。

直到第二天被一堆名字和臉孔所包圍。

但這些名字跟一般認知的「大哥們」卻毫無關聯或瓜葛，那是整個過去歷史的一部份，包括綠洲山莊、和它左側的營房，以及旋轉而繞的紀念建築，那其中幾千個熟悉或不熟悉的名字和臉孔以彩色或黑白貼滿了各處，包括他們在獄中製作的器物、小提琴、書信、閱讀的書籍、畫的畫、夢中扭曲的臉孔形象，出獄後的報導、回憶錄、小說、詩、和接受訪問的影片，更多的是無可考據的名字，失聯的、不知所蹤的名字，層層疊疊，如布幔般四處飄動，遮你的身掩你的面而來。而在「x」型巨大的八卦樓中，四處是空空洞洞、說話仍有回音的五十幾間囚房，稍加走動，即有聲響，獨居室中撞牆皆不能的幽閉空間則令人不寒而慄。在隔鄰的展示間許多國高中生以詩表達他們的疑惑和不解，更幼小的孩子則畫出他們的不安。那種閱覽後使人很想逃離卻又緊緊被粘在當場的感受，讓人整個心是揪在一起的。

那是幾千名知識份子、和社會菁英，包括地方領袖、議員、醫生、老師、學生，被統一叫「政治犯」或「思想犯」、認為他們頭腦裡長了米蟲的歷史之極小切片。最後在一大片連接海灘的紀念牆上排成一長排長長長的名字，上面寫著他們服刑的年份，從五0年代到八0年代。有的幾進幾出，有的幾年，有的幾十年，斷續或交錯，像一節節零亂的虛線，塗抹著「歲月」和「青

春」。但我們對於他們的痛苦是毫無所知的，最多只是對他們幾句控訴言詞的閱讀和理解罷了，一如這些人在當年的火燒島待了十幾年，對綠島也只是由鬼門關到綠洲山莊短短幾百米的石子路淺淺的認知而已，即使今日的我們對這座島拜訪幾次、對黑潮就算仔細研讀、在其上或其周圍踩踏來回幾次，那種淺淺的瞭解豈不是百步與五十步之差而已？

綠島因為是島外之島，黑潮因為是水中之水，因此從來沒有人可以從綠島逃脫，這種綑綁其實是與黑潮有關的。黑潮成了囚禁幾千人青春的幫凶，當然非黑潮本意，綠島會成為無以逃遁的惡魔島，當然也非綠島本意。這使得幾千個思想長了蟲的人不能不用他們無法逃脫的困頓歲月、無法被框限的驚人意志，一步步鋪出了我們的自由。說我們的大自由是由「被黑潮撞響的島嶼」開始的，應非對綠島的溢美之辭吧。

在此「黑潮」已具「實」與「虛」二意：「實」的當然是指寬度約一百公里(一說二百公里)，深度約七百公尺，最大流速每秒一公尺、清澈且少懸浮物、力量強大的神祕洋流。源自溫暖的赤道，夾帶著大量的熱能(夏季水溫比黃海高七度，冬季可差達二十度)，因著地球自轉的作用力，由菲律賓群島往北，穿過台灣東部海域，沿著日本往東北方向流去，它最大的流量據說是亞馬遜河水量的360倍。此暖流因懸浮生物與營養鹽的含量低，陽光直接穿透而不反射，因此呈現深藍甚至近黑的顏色，黑潮即以此得名。而因黑潮離綠島最近，政府於2007年曾評估過「黑潮能」發電的可能，據估計，光是在綠島一帶的發電量，就相當於三座核能電廠的總發電量。其夾帶的能量之大，真是難以思議。

「虛」的「黑潮」則是指上述那些被設法以一句口號統一的

數千政治犯、思想犯形成的隱形力道，他們絕非單一的個別人物，而是在世界普世價值潮流影響下一股暗潮洶湧、相互思想傳播、腦後皆長有反骨、一生皆不合乎時宜的社會暗流，他們抵制當道、批判時政、鼓動群眾，高唱思想自由、結黨自由、言者無罪，最後相互勾串，潛伏群眾之中，挑動社會敏感神經，形成沛然莫之能禦的力量，撞響時代鐘聲，逼迫當局釋放更多人權和自由，末了甚至可以翻轉政權主軸，使得政權輪替成為常態，得與世界人權主要價值接軌。

　　如此黑潮指的就不只是「海中之海」、「水中之水」，也是「人中之人」了。「實的黑潮」孕育出珍貴的珊瑚礁和魚群豐碩的生態體系，在台灣東海沿岸大放繽紛異彩。其於東部沿岸釋放的熱能，直接形成台灣溼熱多雨的天氣，造就茂密的林相和多樣生物，因此海平面的上與下，皆可見出它驚奇的威力。「虛的黑潮」由五0年代白色恐怖時期到1987年解嚴，一波波進入綠島的知識份子率皆思想前衛、見解不容於當道，他們以青年的熱血和對自由的高度期許，前仆後繼地衝撞體制，以言論以刊物以示威以遊行與當局對抗、也教育了大多數後知後覺的老百姓，最後都深深影響了其後的民主進程和體制。

　　果然，不論實的或虛的黑潮，皆狠狠「撞響」了綠島，他們的影響還在向西邊持續擴大中。而「虛的黑潮」就暫時「凝固」成了今日的綠島人權文化園區。也就是它，使得將軍岩、朝日溫泉、睡美人嶼、孔子岩、小長城、柚子湖等景色都失去了光澤，削減了有心者的遊興。

　　但我們對「虛的黑潮」所知依舊有限，它就像「實的黑潮」中洄游的各式色彩斑斕或造型超出想像的魚類(比如九棘長鰭鸚

鯛、平嘴長尾的槌頭鯊)，難以觸知和窺見，「虛的黑潮」需要更大量的檔案、回憶、和記錄才能略知一二。因此不得已還是回頭說說黑潮是水中之水吧，這可由一則報導印證。2005年5月18日，擅於海泳的高雄人曾美田、潘永祥、蔡聰耀等三人，以每人一小時的接力方式橫渡黑潮，從綠島長泳至台東富岡港，由清晨四時游到晚上七時，中間還曾因黑潮的強大拉力，一度向北流，雖然奮力修正方向，還是不聽使喚，偏離了三公里，使得三十三公里的兩端距離，必須相互接力游了十七小時才到達。黑潮之能量和能耐由此可見，但如果沒有從前叫火燒島的綠島之存在，黑潮又如何顯示其威力呢？如何困住諸多政治犯思想犯使其無所遁逃？如此說來如果黑潮是水中之水、海中之海，那麼綠島就不能只叫「島外之島」了，它根本是「島中之島」了。

關於黑潮的這項報導是我回到臺灣才上網查知的。在這之前我們的目光曾被一張大圖片所吸引，那是張貼在島上一家過夜民宿的牆壁上，足足兩、三公尺那麼高，圖的焦點是一座據說是全世界最大的「活體團狀微孔珊瑚」，高度12公尺，腰圍寬31公尺，約活了一千兩百歲，離綠島岸約100公尺，很難想像它一年才成長約1公分的緩慢速度。那張特大照片的光源由海面射向藍色海底那香菇頭型的白珊瑚礁，好幾個潛水人員正游向它，人與它相比，相當微小。此令人驚異的景致，就座落在黑潮撞向綠島的邊緣，這是綠島與黑潮相互孕育出的不可思議世界。且不要說黑潮，就是對綠島我們所知是多麼多麼的少啊。世上有什麼事物可以窮盡呢？對綠島不能，對黑潮不能，對「實的黑潮」不能，對「虛的黑潮」也不能，我們是多麼心虛啊。沒有辦法，一夥人只好站在這張圖片下，與之合照，並相約回去寫詩，以稍補遺憾。

而就在將軍岩下方不遠的紀念物「淚眼之井」旁，刻著幾排長長名字的長牆前，花崗岩方板上顫抖地刻著的，是曾在這裡坐過牢的柏楊的題詞：

在那個時代，
有多少母親，
為她們囚禁在這個島上的孩子，
長夜哭泣。

只有在那眾多名字環繞之下，這幾句才別具意義、特別感人。柏楊說的，應該也包括那眾多早已為抗爭失去生命的孩子，這些孩子的身影則牢牢地、永無法釋放地囚禁在他們母親的心中。這樣的母親海峽兩岸遍在多有，在這世上也遍在多有，我們無法一一認知那樣的傷心與悲痛，僅能以這本詩集少許的幾首詩默念之、唏噓之、紀念之。

　　回臺灣本島時，原來預期依舊波濤洶湧，百分之九十五的人這次都乖乖吃了暈船藥、準備了暈吐袋，抓緊船上座椅扶手，準備再一次與黑潮的厲害對抗，沒想到一路風平浪靜，毫無顛簸起伏，輕易就跨越了那險惡的水中之水、海中之海。回頭望綠島，那火燒過歷史的島中之島已幾乎隱身成一張剪影了。難道黑潮像龍一般下潛而去了嗎？

　　我們永遠不可能知道答案。

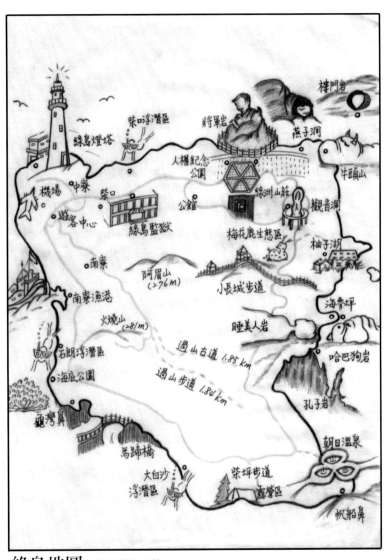

樓門岩

將軍岩

燕子洞

柴口淨潛區

綠島燈塔

牛頭山

人權紀念
公園

綠洲山莊

機場

中寮

柴口

觀音洞

遊客中心

公館

綠島監獄

柚子湖

南寮

梅花鹿生態區

阿眉山
(276m)

南寮漁港

小長城步道

海參坪

火燒山
(281m)

睡美人岩

石朗淨潛區

過山古道 1.85 km

哈巴狗岩

海底公園

過山步道 1.84 km

孔子岩

牛頭鼻

朝日溫泉

馬蹄橋

大白沙
浮潛區

柴坪步道

露營區

帆船鼻

**綠島地圖** 手繪／林玉芬

# 目次

## 輯一　以汝之名

## 輯二　一牆長長的名字

## 輯三 「獄」這個字

## 輯四　第一道曙光

## 輯五　來過

輯一
# 以汝之名

# 黑潮 白靈

——寬度約一百公里,深度約七百公尺,最大流速每秒一公尺。當其行經菲律賓、台灣、日本時,與陸地間的距離,以台灣的綠島最近。綠島一帶的「黑潮能」發電量,據說相當於三座核能電廠的總發電量。

他們是黑色的，圓眼燕魚、黑鮪魚、旗魚

他們是黑色的，眼珠亮麗完整牙齒尖銳

他們是黑色的，鰹魚、鯊魚、及鬼頭刀

他們是黑色的，以三十歲光溜溜的身子

他們是黑色的，摩擦過一千歲的鱗片做的鐘型香菇頭

他們是黑色的，沒錯，比座頭鯨的頭還巨大的香菇頭

他們是黑色的，中間鑽出九棘長鰭鸚鯛、小丑魚、神仙魚

他們是黑色的，用或圓或尖細小的頭顱

他們是黑色的，用頭大或細小的身軀

他們是黑色的，陽光插入陽光插入陽光插入

他們是黑色的，像暗中搖搖晃晃的天井

他們是黑色的，金花鱸、角蝶魚、紫花鱸在黑漆中變幻色色彩繽紛

他們是黑色的，正抵禦著強勁強勁之海流

他們是黑色的，翻車魚、魟魚、和鯨鯊在煮沸的開水中滾動

他們是黑色的，只好向海底緩緩下潛

他們是黑色的，哈氏異康吉鰻和小海鯧

他們是黑色的，在前面海色中白白色的沙底愈來愈清楚
他們是黑色的，這是時速三埋的海底特快車
他們是黑色的，力與美的身影前一般地快速移動
他們是黑色的，前方一座島嶼於天光綠射下反射出微微的亮

（魚落網魚掙扎魚翻滾魚跳躍魚尖叫而來
人銬手人落淚人滾翻人撞牆人長嚎而去
綠島在前方著火爆燃以高溫翻滾入水中）

他們是黑色的，這是火燒島浮浪人收容所
他們是黑色的，每個人前方都有三公尺長的陰影
他們是黑色的，這是新生訓導處，這是職訓總隊，這是感訓監獄
他們是黑色的，就是有人偏愛逆著時代強勁的水流
他們是黑色的，這是勵德訓練班；這是技能訓練所
他們是黑色的，這些人思想手中那碗飯一半長滿米蟲
他們是黑色的，三千頭顱正設法用一句口號統一

他們是黑色的，這是莊敬營區自強營區綠洲山莊

他們是黑色的，蕭福丁1951-1954賴清鍊1950-1965簡永松1970-1977

他們是黑色的，誰的青春可以像柯旗化1952-1953/1961-1975新英文法不斷再版……

他們是黑色的，蕭振仁1952-1964 黃坤能陳啟猛呂秀蓮柏楊施明德……

他們是黑色的，幾千人的青春被一支槍抵住而生了鏽而掉落

他們是黑色的，一句三字一句真話一句咒語得撐起數十年歲月的重量

他們是黑色的，觸摸不到的真理一如彈丸大綠島的真面目都無人看得清

他們是黑色的，醫生議員教師學生知識份子只是思想犯前仆後繼般地快速移動射中這座島

他們是黑色的，他們是黑色的魚他們是黑色的鯨他們是黑色的鐘形香菇頭

他們是黑色的，像泉井無罪只是暗中搖晃、湧動……


他們是黑色的，因無雜質可反而成純淨之黑色暖流

他們是黑色的，黑色時代之人群中的暗流

他們是黑色的，寬度約一百公里，深度約七百公尺，最大流速每秒一公尺……

# 以汝之名　謝德清

　　沒有名字才應該是妳的名字。

　　那個叫做火燒島的妳，曾經是「綠」島。而那個被踐踏得滿目瘡痍，現在叫做「綠島」的妳，對這樣的稱呼，竟是比火燒島還不堪吧！

　　什麼才是「妳」？

　　北緯22度，東經121度。菲律賓海板塊前緣之火山島，熱帶之北限。南北長約4公里，東西寬約3公里，外圍成不正整四角形。

　　這些是不是「妳」？或者也不是妳，僅是妳外塑的軀殼。

　　他們蓋了一間叫做「北緯22度」的民宿，以為這是妳。綠島小夜曲，大哥的店，綠島人權紀念園區。他們說，這才是「妳」。或則，這是妳的傷痛，妳的鄉愁？

　　他們以為到過綠島，窺盡妳橫陳的肢體和深邃的眼眸。

　　有誰曾經謳歌過真正的妳？

攝影/莊婷

# 燈塔 於淑雯

白色的燈塔
在港口面前靜默不語地偉大起來
正等候天空將熄火的太陽撥進衣袖裏
此刻　月亮的手輕輕扭開一束光
船隻的腳避開昨天剛長出來的礁石
還是不小心踩破了一疋銀布
燈塔的眼睛忍不住張開了

攝影/曹登豪

被黑潮撞響的島嶼 2 3

# 綠島 江玉蓮

被寂寞拋出的
是過去的激情
被熱情擁抱的
是現在的對立

初始
出於穩定未來的使命感跑啊跑
跑進了牢籠
世界
一直塗掉它不願目睹的真相
進而
棄置、釘上、封死

直至
泣婦岩的哭聲喚醒
光影穿過雕鑿壁上的名號
水波盪漾間
照映著島上的旅人

有心或無情的那一部份
橫渡了誰的真情
誰　半生的廢墟

畫/江玉蓮

# 海蝕，魂魄，燕子洞　許春風

像寄居蟹那樣
他們被迫逃離自己的肢體
留下的貝殼就無所謂疼不疼痛

因此，當
記憶被海蝕成洞穴
洞穴被海蝕成魂魄
魂魄被海蝕成燕子
燕子被海蝕成歷史

歷史只能一刻刻被海蝕成日常的黃昏了

註：傳說綠島燕子洞是以前修理受刑人的秘密處所與暫時的
停屍間。

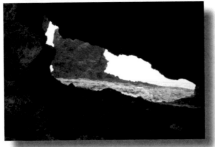

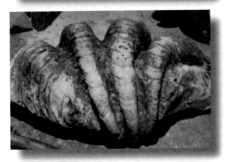

攝影／楊貴芳

# 歸來　陳惠馨

貝殼磨平的青春
無力為失去燦爛
多彩的珊瑚礁
與黑白退色的歲月
並排而坐
新生已顯老態
旭日聽鞭傷哀嚎
囚禁凝望與盼望的島
　　綠島

註1貝殼：當時關在綠島的犯人將貝殼磨成鈕扣外銷。
註2新生：初到綠島犯人的統稱。

攝影／劉其唐

# 綠洲山莊 高逸雯

那是一頁悲愴的故事
眼淚開鑿了記憶
在北緯22度的空氣中
擱淺

攝影/劉其唐

攝影/高逸雯

被黑潮撞響的島嶼　**3 3**

攝影／陳韋帆

# 綠島　崔若璇

風在天上寫詩
一條長長的雲
吊掛著夕照
朝日的溫泉舞出水漾的肌膚
舞出海波與纖腰般的小長城
我站在窄門內咀嚼著不自由的苦澀

攝影/劉其唐

# 睡美人嶼 劉其唐

美人啊
無論妳陷入魔咒裡
沉睡多少年

我依然守候
縱然物換星移
任由擱淺的夢被潮汐撫平

卻目賭那些疑惑的眼睛
將妳攝獵成綠島的
驚嘆號

攝影/高逸雯

# 柚子湖　林玉芬

　　日夜奔波的時間，大概太饑餓了，當他路過綠島時，竟誤把蹲坐在荒地上發呆的咾咕石屋，當作是格林童話裡的薑餅巧克力糖屋，於是狠狠咬下一大口，痛得咾咕石屋哇哇大哭，眼淚潰堤成一灘柚子湖。

　　站在牛子山崖上的百合花看了不忍心，要他：乖！別哭，別哭，就答應讓他騎乘，等日落西山時，再帶他飛越黃昏的國度。

　　沒想到這一等，就等成了史前文化遺址。

**攝影/林玉芬**

攝影／林玉芬

被黑潮撞響的島嶼 3 9

# 燈塔 吳保根

風雨中站立
指向船隻的來往

黑夜裏
提著燈籠的老人
晃著晃著

慈祥可愛的笑顏
綠島之光

畫/吳保根

# 島 周俞妙

想叫海多挪出一些空間
把你養胖一點
好讓你看來不那麼令人心疼
雖然也許
你只是剛好路過
雲的影子

攝影/劉其唐

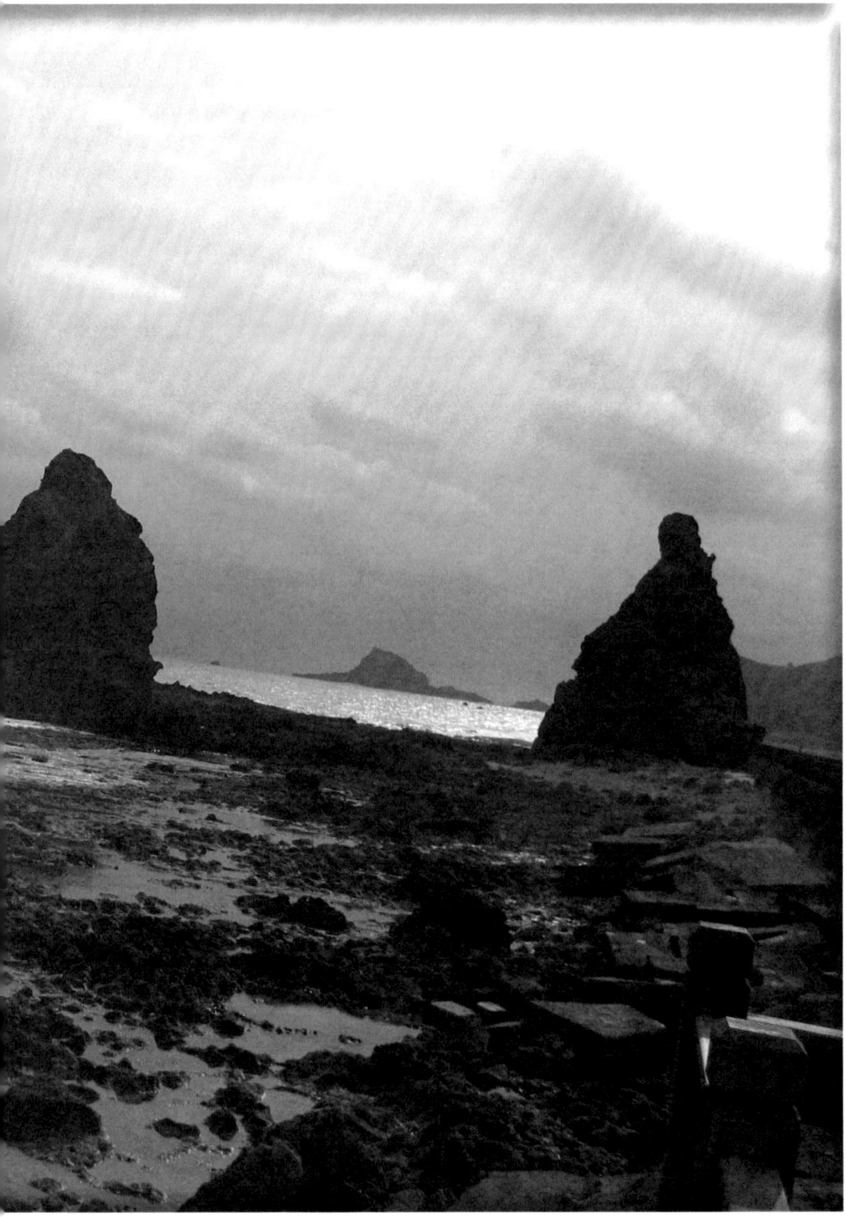

# 哈巴狗岩與睡美人岩　李佳靜

一隻哈巴狗
對著睡美人吠了一汪湛藍
讓她安謐的徜徉睡海

睡美人欲到夢裡
幫哈巴狗孵一盒格林童話

哈巴狗對睡美人說：
我們是時光的果凍裡
藏斧鑿於無痕的傳說

畫/江玉蓮

# 痕跡 邱維宣

身穿冑甲的將軍岩
是英雄風化後的靈魂
海浪拍打著
風的憤怒

睡美人沉靜，哈巴狗慵懶
連繽紛絢爛的海底水晶世界
也撫慰不了大哥的躁動不安
或讓黑白的鐵窗生涯流洩一絲光彩

為自由吶喊的倖存者
燈塔是否已指引你未來的方向

牆上雕鑿的符號
證明你們曾經存在

畫／林富巍

輯二
一牆長長的名字

# 綠洲山莊的八角樓　白靈

——一九五〇年代綠島設立新生訓導處，關過三千多位政治犯，一九七〇年代設立綠洲山莊，關過五百多人。山莊之樓形呈「X」字，因有八個邊角而被戲稱為八卦樓。

被黑潮撞響的島嶼

**5 1**

# 一牆長長的名字　於淑雯

一牆長長的名字
一疊綿綿沈沈的哭泣

生與死，有期或無期
鮮血在時間之河開出蒼白的花朵

風雨貫穿未知旅程
與船底滑過的水紋在海上相遇

駛進渡口
視線橫著山脈與海洋

血腥從夢的邊緣瀰漫而來
淹沒倉促的呼吸

一列列小小窗口是渴解鄉愁的井
穿透的月光藏著傷痕

一雙雙小小瞳孔是望斷回憶的鏡子

船帆早已失去方向

於是月光裹身
冷了回家的路

於是一牆長長的名字
熱了歷史的眼睛

攝影/莊婷

# 淨土 林玉芬

在島上
已回不去的歲月
被煨在綠洲山莊
供遊客嚼食

在紀念館裏
落難的名字
至少還能保有一方淨土
一如當初的堅持

攝影/莊婷

# 島　陳韋帆

繞行這座
白色
綠色
火焰顏色的

島。


這座夏日記憶的島
朝陽是燦然日復煎熬
每灣是塞滿屍首
以及
奔馳的野鹿們晶瑩卻空洞的眼──
爾我繞行這座將成為我們夏日記憶裡的島
那些不能遺忘的
卻都消失在稱為記憶的數據之海
而遺忘了的
就銘刻
──在島的心扉之前

被黑潮撞響的島嶼

**5 7**

攝影/莊婷

# 風那孩子 王福祿

昨夜心靈的嘶吼聲
穿透綠島的東北風
由眼前的門縫傳來
在玻璃前彈了回去

風這孩子　比海更頑皮
海包圍了城堡　阻擋去時路
卻攔不住　風那孩子

風長大了！
想藉著魔幻之花　在北緯22°
縱然濃妝豔抹
也擋不住那股力量
主角仍是　風那孩子

攝影/楊貴芳

# 新英文法　陳惠馨

冷漠的黑牆一列一列成片
他的名字在威權的行列中跳躍
文法被打壓得不成文法
以專業奮力抵抗心靈的創傷
冷黃的白紙一頁一頁成冊
權威由左至右舞在外文裏
歲月刻印的名字同樣叫柯旗化

攝影／劉其唐

# 黑潮　劉其唐

通過那一道關口
你測量不出
自由與不自由間的距離

但禁不住的思想

可以插上一雙翅膀
奮飛

而百合花
翻越了黑潮
停駐在島嶼　為你
怒放

暗夜　母親的眼淚滴滴
崁入春天的純潔裏

畫／邱維宣

## 岩語 梁迺榮

你們都認定

鬼斧神工的奇麗
是我的造化
堅毅木訥和沉穩
是我的性格
大哥的店娓娓道出的
是我的吶喊
歷史傷痕的痛
是我的啼哭

揭開覆著我的面紗
請你
讓我的曼妙與靈動
呼吸
其實我不該告訴你的
那只是天意
不信
去問綠島

攝影／劉其唐

# 長城　曹登豪

以血和淚築起的長城
有一串長長的名字
每一個名字在此
都有使用期限

然而
飛越大海的多年以後

不安的魂
依然　夜夜聽見
海濤的
聲音

攝影/曹登豪

蔡俊軍 1972-1987 無期
蔡焜霖 1950-1960
蔡世揚 1950-1960
蔡均 1953-1963
蔡武春 1952-1954

蕭振文 1966-1975 無期
盧阿道 1951-1961
蕭福丁 1951-195?

鄭登檀 1950-1950
盧漢魁 1954-1969
鄭熙烱 1950-1960
賴清錬 1950-196?
鄭順回 1961-1976
盧鴻池 1951-1961
鄒華勝 1949-1961
閻啟明 1956-1964
鄭逢春 1950-1960
蕭振仁 1952-1964
鄭新民 1950-1975 無期
盧兆麟 1950-1975 無期

趙臣福 1951-1966
趙正山 1951-1955
鍾山 1950-1971 無期
鍾茂吞 1954-1964
鍾謙順 1950-1957 1962-1971 1972-1982
簡永松 1970-1977
賈玉堂 1950-1961
謝秋臨 1950-1975 無期
鍾平山 1949-1959
鍾豪權 1970-1977
劉永生 1950-1960
顏新樑 1960-1963
鍾阿連 1951-1960
鍾興福 1955-1975 無期
韓佐樑 1970-1977
簡茂興 1950-1960
劉玉堂 1950-1960
鍾俊隆 1972-1982
鍾錦英 1961-1966
簡萬子 1950-1955
簡士性 1950-1962

# 綠況　周俞妗

綠島的綠
是燃燒中的紅

# 綠島的一日　張燦文

週末的綠島　一下子
塞進了三千多旅客
想的都是海　海浪　和海鮮
任慾望環繞全島各景點觀光

長長的波浪
長長的迴音
一層層盪漾
一圈圈漣漪

綠島的一日雖短
一路隨風嘔吐　採擷
陰雨　鹹溼　大哥的心聲
卻背負一袋沉重的歷史而歸

攝影/高逸雯

**白色恐怖** 高逸雯

白色的驚魂未定
陷在我不太熟悉的年代
多少悲情的靈魂從牆面掙脫
告訴我他（她）的故事
眼淚像一抹無言的告白
在靜默了幾十年後
從我的眼裡找到了宣洩的出口

照片/綠島人權紀念館牆上展示照片

這群年齡介於80歲上下的五〇年代□
和家屬，在園區進行重建過程中接受採□
憶中尋找痛苦的往事。她/他們提供珍□
文物，幫助園區的博物館工作。我們□
們致上最誠懇的敬意，也希望透過他□
多受難者。

# 對望 呂妙珠

——在綠島人權紀念館，受難政治思想犯遺照陳列館照片前逐一佇足

肅穆的空間裡
有數百位如釘上十字架的上帝
告訴後人數百個受難記的血淚

整牆胸前掛著編號的囚犯照片
五十年後
成為英雄魂譜的檔案照

不知或是不管　那是噤聲的年代
禁身後
眼神遂成冤屈唯一出口
當年按下快門的一瞬間
註定了你我交會的命運

你　批判著你的被批判
　　似在宣告你的不平
　　又似在質疑著什麼

你　望著遠方

擋不住的堅毅

你　滿臉無奈
　　雙眉扭曲成痛苦的結

你　沉靜中透著不屑
　　清亮如許

妳　綁著兩條粗粗的大辮子
　　圓圓的臉　仍不失純真地笑著

你　仍像鄰家男孩
　　感覺不到滄桑

你　緊閉雙唇　像參透了什麼
　　又仍隱含憤怒

你　有種悲憫　看的出
　　那絕不全然是為自己

你　熬不下去了
　　好似曾崩潰過
　　一張破碎的臉

你　濃濃草莽氣息
　　綁著一條毛巾在脖子上
　　像是要勒住什麼

你　眉宇英氣煥發
　　掩不住生命的尊貴

你　濃眉大眼　露齒而笑
　　整齊皓齒　分外醒目

還有一些沒有傳遞什麼給我

一遍遍在群像中搜尋

我走了
把你們也帶走了

攝影／楊貴芳

# 孔子岩 許春風

　　一個浪來，他靜立在那裏，猥瑣著一髯鬍鬚，一襲寬袍，一嘴無所事事的囁囁。

　　法令這座巨大的岩石直挺挺，卻多角尖銳地無時無刻不與他面面相覷。他也是受刑人。

　　再一個浪來，他搖搖欲墜，情急逼出一句：「天下有道，則庶人不議。」

註：「天下有道，則庶人不議。」出自《論語》季氏第十六篇。

**攝影/高逸雯**

輯三
「獄」這個字

# 「獄」這個字　白靈

——《說文》：「獄，确也。從犬和犬，從言，二犬所以守也。」《釋名》：「獄，确也。實确人之情偽也。」其本意是以確定或「守護」是非曲直而得名的。綠島卻以「直言而入獄」聞名於世。

# 我們熟悉的北極星已經不知去向　　許春風

母親，那個子夜以後
我們熟悉的北極星已經不知去向
一切都來不及辭行——
時間被銬上腳鐐，艱難地跨出門檻
一個名字，遂被巨風吹得老遠
成了族譜裡唯一飄散的落葉

他們説：穿過象鼻洞就進入鬼門關了
自此
我每天蹲坐、捲縮，或者踱步
在自己方形體的肉身之內
用乾澀的眼睜視
記憶中行將模糊與消佚而去的，妳的臉
母親，我是座幽冥的城了
以永夜砌築。在荒謬的人世地圖上
有誰還可以撿到我的座標？

母親，這是座火燒的島
一如我心火焚炙著的冰灰的牆

我已經學會不仰望
卻在每個無眠間隙
聽到海浪爬進我的被窩
沾濕我的枕頭
我漂浮在夢的深溝，夜，兇猛拷打
逼問我，那些泡濕了的字塊
究竟會向哪邊傾斜？

而親愛的母親
儘管我們熟悉的北極星已經不知去向
儘管這人世的姓名已經被翻譯成罪刑
我依然堅持衣飾著妳給我的血肉
保暖這最後的尊嚴


註：「象鼻」是位於綠島的天然石洞，政治受難者稱為「鬼
門關」，入關隘口即新生訓導處。

# 心事 林玉芬

其實我不喜歡
現在的我的你的他們的
被框限的樣貌

我也不願意
陌生的男的女的胖的瘦的
消費我的熱情

為了迎合東方那一輪旭日
我不斷摟擁著澎湃的喧鬧的
魚群般的身影

也許是
短暫的永遠的無形的有形的
我們都被軟禁了

我原是深居地層
可以自由的
翻滾在太平洋上的熱潮

攝影／王福祿

# 「自由」的監禁 周俞妗

笑聲可以點亮一間獄房
那些藏在黑暗裡的冥想
也曾幾何時出現在紙上

朦朧的　被海蓋起來的聲音
彷如一個動詞的低泣聲
每一天都長得相像
每間房都一概與世隔絕
除了鐵條
加上一些與窗口有關的故事

攝影／高逸雯

# 囚室之窗　梁迺榮

靈魂苦候著甘露

方形的光源射入
母親的聲音
坦克輾過般的踏實
覆蓋了
瀕臨沸點的痛

揪著心點算
啞房內每一吋
每一粒塵埃
Ｎ個輪迴

心的枝椏
呼吸著
那一方之外的
春天

攝影／高逸雯

# 綠洲山莊　劉其唐

將軍披上盔甲下令封鎖鬼門關

哈巴狗搖不醒

醉倒在太平洋上美人

孔子卻攀上珊瑚岩朗讀論語

浪把我捲上小長城

瞥見柚仔湖喧鬧的小漁村

攝影／劉其唐

# 大哥的故事　林翠蘭

火燒島上的男人與女人
最容易起火
「恨」，在他眼中流轉、燃燒
夏日的陽光炙熱
助長火勢
可惜這荒島是一絕望死水
「幹」，嘶吼數十年
活著，不要像牲口
死去，不要像螻蟻
他的人生要
世人叫一聲：大哥

攝影／曹登豪

綠島「大哥的店」裡面的陳列與商品。

# 大姐　陳惠馨

穿橫條紋的不一定是大哥
進來時橫眉豎眼　不用多久　個個縮起頭
每個大哥都自稱是硬漢
唯有我才真正帶種
那些持槍玩刀凶狠的播種者
真的知道什麼是血海嗎？
痛徹心扉的鬼門關我獨自走過
收起強悍的爪子　穿上溫柔的輕聲細語
江湖是一個戲台　在這裡演的是另一台戲
最後的結局　一開始就存在了
只是沒有智慧洞察
這裏各有各的荒涼悽愴　各有各的黯然神傷
外面淒風苦雨　八角樓是我們暫時的窩
我是母親
我是大姐

攝影／莊婷　綠島「大哥的店」裡面的陳列布置。

## 夢中的小提琴（陳孟和先生製作）　曹登豪

那緊實的髮，自鵝頸慢慢滑落。

繞過葫蘆般的小蠻腰，最終到達渾圓的臀。而有了一個迷人地完美收尾。

每當他或他撫著髮時，她便呻吟，勾出每人心中思念的蟲。

到了夜晚就著月光，她的臀發出了炫目的光芒。啊！都是歲月的手不小心造成的！

被黑潮撞響的

攝影／白靈

# 一段悲歌的紀念　高逸雯

母親的眼淚
在輾轉難眠的大海漂流
多少歲月的思念
滴成了一座紀念館
在平躺的牆面上
在密密麻麻的人名中

攝影／劉其唐

# 囚房　崔若璇

班駁的囚房
鑲崁著靜止的歲月
黑白兩道
是大哥的標記
時間催吐著　自由與人權
豈是一個「　幹　」字了得

攝影／白靈

# 休止符 謝德清

黑白橫條紋的衣服
虛胖了一個人
鐵窗禁錮的意識
膨脹為人權
理想
冰銷於　解嚴後的小島
在大哥的店
幹　一聲
譜上休止符

畫／江玉蓮

# 我不是旅人 於淑雯

我不是旅人
卻在一座島嶼中流浪

漸漸知道
海水和淚水從不比賽鹹度
因為瀝不出情感的純淬
來去的魚群努力忘記珊瑚的美麗
因為畫不了天荒地老的靈魂

用太陽的熱度去回味自由的滋味
用潮汐的聲音去推敲光陰的腳步
原來故事是真實的傳說
但拍岸的浪如何測量夜的黑
夜曲如何唱盡愛情的艱困

只能靜坐
靜坐成山
靜坐成岩
靜坐成島嶼

我真的不是旅人

攝影／莊婷

# 幽靈旅客　張燦文

台北來的尾班車
不是為我而開
月台上最後一盞燈
也不是為我而熄

台北發出的２２２３０５莒光號
匍伏在夜的崎嶇上
婉蜒於北宜山谷中
已經一小時了

暗夜悄悄地躺著　　任由
整列火車轟隆轟隆而過
人生就像列車　不停地靠站
是起點　也是終點　或是轉運站

錯買２２日的車票上車
誰知人間已２３日清晨了
有票無位的幽靈旅客
半夜頻傳怨嘆聲

攝影／楊貴芳

辑四
# 第一道曙光

# 第一道曙光　張燦文

每天
全台第一道曙光
就從這裡登陸

我們是島嶼最早的歌聲
帶著鹹溼的嗓音
在山與海間迴盪著

從黑夜流進絲絲道道晨光
我們佇立峰頭　觀望海裡的
朝日　穿透重重雲層

海醒了　天亮了
旭日東升的海平線上
所有的浪頭起伏　都向我們歡呼

天上的雲　沉迷於海浪的舞姿
金紅的火球　跳動在海平線上
那可是金色的祝禱呀

攝影／莊婷

## 迎光　吳保根

迎春第一道光

人們散了後
春夏交替

宇宙像個花籃
有無窮盡的詩意

詩人在開挖
清晨太陽的影子

攝影／莊婷　綠海城堡民宿壁畫

## 海浪 呂妙珠

海浪拍打著沙灘
是為了撫平沙灘的皺褶
我眉頭的
及心頭的

是為了將海洋溫柔的沁涼
自腳底傳到
心底

海浪退回大海
是為了帶來更多海底的珍藏
是為了再來而去

攝影／楊貴芳

# 風向 邱維宣

天真的海　問
你何時轉向
風　回答
當躁動的靈魂都沉睡
當將軍的眼神不再銳利
當嗅到了對的空氣

攝影／白靈

## 勇敢的魚　林翠蘭

一隻隻銀色的魚
前仆後繼　躍進
佈滿礁岩的海底
像勇敢的人權鬥士
不幸，被命運的腳踩破而碎裂
啊！留下哭泣的水花
　　和抽搐的沙灘

一聲聲哀嚎
在浪之外
一朵朵野百合
在山之崖

畫／林翠蘭

# 放開心 梁迺榮

浪花對海岸説
我在幫你搔背呢
不是拍打

浪花對岩石説
我絞盡腦汁是為你譜曲呢
不是侵蝕

旅人對綠島説

我來是為一親芳澤
——妳浴火後的優雅
不是來擦拭你的傷疤

輕盈的雲搶著説
我們可以作證

攝影／曹登豪

# 路在自己的腳下　王福祿

太平洋送給綠島　一條
白色珊瑚礁編成的項鍊
貝殼整天在沙灘上寄居
搬來搬去　死去活來
像初戀的含羞草

那天早起的遊民
光著腳　喊著痛
海有潔癖　為了請大家做客
拖洗地板　洗了一遍又一遍
說　沙灘太長
原來路在自己的腳下

註：記綠島大白沙，位於綠島南端突出之西南角，是綠島最
大最完整由珊瑚礫及貝殼碎屑組成的的沙岸。

攝影／莊婷

# 片段　周俞妗

沙漠般的失樂園
是大面海水
偶而出現的老人帶著狗
遠遠的　並肩聊天
時間還有很多很多很多

我想就這樣灑下一些亮片
或那樣捲起幾根麻花
讓每件東西都有水的光澤
也許再多看一眼漁船的模樣
趁離去之前
把這些收好在該收藏的地方

攝影／王福祿

攝影／劉其唐

# 睡美人  高逸雯

睡美人
　　逃離了
　　　　童話故事
正嚮往大海的
　　　　沉　睡

攝影／林玉芬

# 仙人疊石　謝德清

他們御風　遠自
藐姑射之山
運來　各式雨華石柱
凝煉成一串　法筵瓔珞
在寶藍的平滑鏡面上
豪飲
世紀的　風露

他們暫歇　只為
再次丈量子午線的距離
呵　世上已千年
不絕如縷
旅人猶自　憑弔
緬懷
仙人的一場遊戲

註：綠島「仙人疊石」（海參坪柱狀節理岩頸），係因傳說
有八個身穿白衣的仙人在此搬運石塊砌廟，後為住在當地的
施姓兄弟早起捕魚時無意間窺見，自此仙人匆匆離去，只留

下未完成的廟基。

攝影／楊貴芳

# 綠島遊　曹登豪

兇猛的浪不過是海的遊戲。
佯裝發怒的海扭不斷船行過的痕跡。
雨一直下，島上魚貫而行的機車，
像螞蟻般漂浮在公路上。
與梅花鹿的初次邂逅居然在餐桌上。
而梅花鹿顯然太油膩，與都市人的理念背道而馳。

聚集在大哥的店，參觀大哥的生活起居與荒謬想法後，一陣
七嘴八舌，轟爛了天花板揚長而去。
而後天晴了，象鼻岩開始散發鬼門關的味道，歷史以一種難
堪定格在人權園區在綠洲山莊。而海底的珊瑚礁、繽紛的熱
帶魚和一眼看不完的綠，遮不住也蓋不了綠島的炙熱！

被黑潮撞響的島嶼

133

攝影／曹登豪

# 南寮海堤觀夕照 李佳靜

寧靜的黃昏
在南寮垂釣出一首
鏗鏘作響的詩句

陰灰的海被靛藍慢慢吞噬
剪貼一方好風景
看，五彩玻璃紙似的天空
一抹柿黃色的斜陽緩緩降落

日落，暈開了愛的詩眼
我們浸泡在回憶的斜暉裡
斜暉演繹成風的手指
並彈奏著
我把心，遺落在1996年

攝影／楊貴芳

# 假如有一座塔　蕭淑芬

假如有一座塔
就有燈
有光影
就有航班的誕生
一座塔在混搭的場景中屹立
太陽有時熱情有時害羞
季風掀起群魔亂舞般的舞影
陣雨也不甘示弱的附和敲打
深夜了
星兒溫柔眨著眼睛
聽它細訴
只要有一座塔
　　　　　　　盼
　　　　盼
盼

攝影／高逸雯

## 我不在這裏　陳惠馨

清朗的月光　睡神不再潛入黑夜
白天透支體力的軀殼
正在昏睡
魂魄自個兒出去遊盪
啊！多逍遙！
請輕柔地凌辱我
神經一絲一絡絡地抽搐
用力折磨我吧！讓痛楚證明我還活著
在遺忘與塵封的箱子裏
體力一分一分衰減　意志力一分一分流失
我不害怕流失殆盡
因為我不在這裏

攝影／高逸雯

攝影／高逸雯

攝影／劉其唐

# 輯五
# 來過

# 將軍岩 白靈

——原名泣婦岩

每 一 位 將 軍 的
長 劍 尖 上 都 滴 著 一 滴
滴 泣 婦 的　　　淚

攝影／高逸雯

# 來過　吳保根

鷺鷥來此走過
未留有你的影子

一片破碎的雲層
掉進水中，又緩緩
爬起，走向要去的地方

山邊吹來一陣魚
腥草的香，未有
找到它的踪跡

144

攝影／白靈　綠海城堡民宿住房壁畫

## 綠島之歌  曹登豪

遼闊的大海
鎖住這小小的
島
只在夜深人靜
他才啟航
悄悄接近
你思念的地方

攝影／楊貴芳

# 睡美人　梁迺榮

嗨！親愛的

我守候你　在
指頭數不清的時辰

我聆聽你　由
潺潺枯黃的血淚
波濤洶湧的豪情
涓涓流洩的史牆

我接納你　因
太平洋反覆不斷的響著
千年的靈犀

是的！
我們流淌著
相同的魂

攝影／莊婷

# 綠島　林翠蘭

初次遇見你時
宛若漂浮於海上的一顆綠寶石
一身輕透的靜
如鳥之羽

如今，綠寶石仙子失蹤了
夜裡，夢見驚恐、絕望的呼吸
是母親孤寂的臉
是你的名字
刻在深深皺紋裡

誰說心與心的距離
只存在著
一滴淚

攝影／莊婷　綠海城堡民宿壁畫

## 觀音廟　王福祿

我彷彿讓他知道我家在竹林
是什麼機緣巧合
讓我輕輕碰觸你，我感覺你仍在那裡
輕搖指尖的柳枝，守護純樸的我
梵音聲響起，從周圍然後耳際直到我腦海
綠島的上空泛起了一圈圈紅光
迷失茫茫大海的旅人，你家在哪裡！

# 綠島現象　周俞妗

加熱的暖盤器上
側躺著蒸了段時間
已想不起來名字
的魚
一臉不安詳
除了巨大的頭
全身只剩骨架

黃昏時
路過的
外國背包客
沒人真的在意
雖然會幾句拗口中文：
你好　謝謝　好熱

治療成長的方法
店家小孩最愛聚集
一起　透著純潔的眼白討論：
都市裡有什麼

不一樣？

他們嘖嘖、嘶嘶、哇地出聲
那麼多的故事令人暈眩
字眼越用越深奧：
不可思議的物質充盈
歌星和演員到處可以看見⋯⋯

為了表現複雜深度
監獄把外牆築得格外冷肅
插入天空的
燈塔便顯得很溫柔
皺摺的海被
留有激情後的味兒

我抽菸　一口就污染這塊淨土
那焦急速度帶著失重感
鹽味的氧氣醃著思緒──

這綠色小身軀
像隻飛不動的瓢蟲
承載多得不能再多
絕望和希望
每天等待著機會
好想
好想逃離這只藍色的鏡面

攝影／莊婷

# 夏卡爾下午茶　張燦文

冒著風險　細心照顧　陪著
上週才手術的愛妻來綠島散心

開刀後的我鬢髮斑白　視已茫茫
已逝的滄桑　磨就今日的容顏

為了創作詩文　她放棄朝日溫泉浴
伴我在夏卡爾喝下午茶

近看喜愛吃魚的她　眉下一對魚
魚尾已洩漏花甲的秘密

回想不同時期的身體……
她曾是海　是海浪　是海潮

我們把綠島的下午茶　沉浸在
悠揚的山風海濤旋律中

驀然發現　愛妻久旱的酒窩

終於　再度盈滿了

攝影／楊貴芳

# 我在綠島  崔若璇

拎著海風　穿過薄霧
擁抱寂寞的天空
狂野奔馳　迴旋在山路小徑
朝日的溫泉
舞出水漾的柔嫩
凌空的長雲　懸著夕照
吟詠午後的咖啡香

攝影／楊貴芳

## 我不在那裏　邱維宣

我不在那裏
在初識你的小夜曲中
淡淡地，為你勾勒婀娜多姿的輪廓
多年後，無數旅人的喧鬧
撞破你的神秘面紗
你，一如幻想中的沉靜純美
卻被停佇的思想洪流
浸染一抹陰影與世故

我不在那裏
你已飽脹我的記憶

畫／邱維宣

# 沒有一隻白鷺鷥知道你的消息　於淑雯

向岸邊揮手
再怯怯將雙臂收起來
就怕遮蔽最後的視線
然後挺直腰緩緩轉身
不敢再回眸

夜幕輕輕蓋住眼瞼了
你努力挽留最明亮的剎那
然而，除了海天一色的黑
再也沒有什麼了
你忘記如何哭泣
低著頭，握拳張開握拳
手掌只剩下迷路的紋

一雙雙腳步從太平洋的船板上走下來
走進從地心長出來的島嶼
天空的雲躲到哪兒了？
只為一個單純的夢
夢卻像掉在地上的玻璃

四分五裂

起身
回家的路鋪成一望無際的海洋
再起身
沒有一隻白鷺鷥知道你的消息

# 綠島 江玉蓮

在月夜裡搖的小船
已然不存在
大哥們心中的愁悵
更已渺然
剩下的，是旅人的心境

綠洲山莊，伸張了人權
稀薄的空氣，越進了高牆，拂去了神秘
美學更渡化了沉重

小鹿斑比漫步綠坡上
承載了童心
哈巴狗的衷心
守候著不醒的美人
燈塔轉折了不歸路
也牽引了浮潛的人
星沙的無邪
撫慰了浪人的孤寂
珊瑚的斑爛

交融於清涼海水
野百合的春天
依舊在島上更替著
將軍岩緊盯著，那片湛藍
深怕它再起波瀾

畫／江玉蓮

# 療傷 張燦文

開刀後　首度接受恐怖的化療
愛妻出院返家休養　當晚
睏極　一夜長眠

醒來猛力推開暗夜
拉開窗帘　讓晨光湧進
已剪短的頭髮竟落滿枕巾

站在鏡前　頻頻摸頭
揉出一聲聲　低呼
迎面遞上一大把　哀慟

停止化療後的戰士　好似
花已落盡　葉也掉光的盆栽
只剩下一身嶙峋的硬骨架

陪她辛苦來到綠島散心
浸泡在朝日溫泉等待日出
海底汨汨湧出的溫泉洗清一顆灰心

接受大地之母　最溫柔的療傷
迅即使傷痛變成記憶
不久　連記憶都不再受傷害

面對一片灰藍透金光的稿紙
苦思　如何才能將海天的彩霞
寫成一首療傷的詩

忽見海鳥已爬滿了詩句
偷偷牧放在遠端的海平線上
讓海天滋潤療傷的詩味

## 綠島之夜　吳保根

一片青藍的島　烘培出熱騰騰的海浪

到了岸邊　到了沙灘
消失　又回到大海

船在海中游　魚在水上飛

攝影／莊潔　綠海城堡民宿壁畫變形

# 情傷綠島　謝德清

　　他們說那一天天氣不好，其實他們不說我也知道。因為，我不在那裡。

　　從他們帶回來的照片裡，我接收到妳的訊息，妳的失望，以及妳的不滿和怨懟。

　　妳明知道我喜歡妳看著睡美人和哈巴狗的樣子，我喜歡看它們映照在妳藍色的雙眸裡，就像是蘊含在蔚藍的天和蔚藍的海裡。那一天，妳卻把眼神弄得灰濛濛的，讓缺席的我不能這麼便宜的看到妳的澄澈。妳應該是真的傷心了，不想大剌剌的表達出來，只是含蓄的掉下幾顆淚珠。那季春的雨絲，倒像是尖利的矛刺，真正刺傷了我。

　　當妳知道我不在渡海而來的乘客名單中，妳的心開始動盪，那心湖的波濤，可讓他們吃足了苦頭。小舟何辜，竟需載負這許多愁！

　　千年前的約定，我何嘗悔棄。且不論以山為盟，以海為誓。重要的是，我是唯一那個保存住妳童貞的人。歲歲年年人不同，看看他們對妳做了些什麼？以人權之名，撕裂妳，作踐妳！用各種硬體建築，把妳的皮膚弄成疥癬癲痢；吃什麼海鮮美食，薰得妳一身腥臭！難怪，妳會不安，怕我嫌棄妳而不再回來。

　　勿需憂慮，心愛的！儘管我的面貌一世世的改變，妳不也一眼就認出了我？那份深濃永不亞於初次的邂逅！

　　不必舟車勞頓，只要心意一轉，我就會在那裡。妳的童年，妳的青春，在我心中，早已凝煉成永恆的祖母綠和寶石藍。

攝影／林玉芬

# 編輯後記　許春風

　　暑熱才要萌發的這個夏季，日子像是被串在竹籤上的烤肉串，有種略帶焦躁的停滯感持續性地擱置在季節的燒烤架上，暈暈的，不耐的，甚至有些無聊的。

　　一個日頭十分傾斜的黃昏，朋友遞過一本看似在二手書店三本五十元特價區，即使戴手套、口罩翻閱還深怕灰塵飛撲一身的那種舊書，有著極其過時衣著與彩妝的書皮上印著《山河錄》三個大大的紅色行草，旁邊緊依著的白色方正字體「溫瑞安」，我記起來，是朋友口中有事沒事叨唸的，那個「上京應考而不讀書的書生」。

　　《山河錄》是一本詩集，裡面一篇很有小女兒心情的〈水仙操〉十分吸引我，是溫瑞安的女朋友方娥真為這本《山河錄》寫的序文。可惜呢，心裡不免碎念：這樣的文字，台灣的出版社是都睡著了嗎？竟無緣見過。

　　後來當我從網路找到些資料以及讀到方的〈獄中行〉才知道，一九七四年溫與方在台灣即創辦了頗具規模的「神州詩社」，詩人余光中先生還讀過方是「繆思最鍾愛的幼女」，只是，這兩個馬來學生似乎輕忽了台灣當時的政治環境，因為看匪片聽匪歌觸犯了「戡亂時期檢肅匪諜條例」而遭管束入獄，後來雖然被釋放，卻從此回不了家鄉他處漂泊，書生成了俠客，繆思也遺棄了他最鍾愛的幼女。

　　〈獄中行〉於我而言，是所見第一篇關於講述白色恐怖的文章，尤其出自一個文字清甜自然，溫瑞安所謂「來洛陽是為求看妳的倒影」那樣的女子，我實在無法說服自己，那樣的時代真的沒有欺人太甚？於是，幾個日夜，心裡沉地啞地像一只拍不響的鼓。

　　那同時，也意外接獲編輯《被黑潮撞響的島嶼》這本關於綠島詩集的任務。一切湊巧彷彿連袂而至的雞啼與鐘聲。

工作一開頭難免千頭萬緒，一方面是兩年沒有接編輯工作了，另一方面，最大問題是我未曾去過綠島；詩集全名既然是《被黑潮撞響的島嶼　綠島詩‧畫‧攝影集》，就必然有許多攝影作品或畫作待分配，而大夥兒大量的照片檔案就如同那些受刑人，只有編號沒有名字，要一一將這些照片指認且點名到那些詩作旁邊，實在是一件艱鉅的工作，所幸網路無所不能，免搭飛機免搭船，無限暢遊綠島外加無限次時空交替與那時代成為一種另類的共時。

　　就這樣兩個月的盛夏時間，我帶著虔敬的心魂讀著這些詩稿與這些風景，並不斷從那些歷史碎片拼湊出更接近的原型，期望能在深深的感受之外，與那些無辜受傷害的人形成一種同理陣線，遙祭他們的幽幽之魂，那麼，這些素人詩作就是作者最大敬意與祝禱的馨香了，也許他們的文字技巧不盡然高超，情意表達不盡然完整，甚至有些文字是直接指責或憤怒的語氣，正因為如此，我讀到每首詩裡最不造作的真實表情，雖然，編輯過程中一度莫名地對著電腦螢幕感受不到風向，幸福且自由成長的人，總是慣性在幸福與自由裡自我迷失。

　　最後要說，這本詩集僅僅是獻給那個時代的心意，並不是獻給這個時代的政治祭品。時代的不幸是無可挽回的，往往錯誤才是歷史線段裡最大的集合；我們將那些錯誤寫成詩，但無意將風景寫成罪人，任何政治表演都不能使這本詩集成為道具，相對於那個時代的白色恐怖，我們不接受這個時代任何加工顏料的染色恐怖。

　　付梓在即，但願這些淺淺的敬意也能得到相對的尊重。

　　一切都在心底祝福。

語言文學類　PG0519

# 被黑潮撞響的島嶼
## ——綠島詩・畫・攝影集

作　　者 / 白靈、張燦文…等
主　　編 / 許春風（放肆工作室）
封面設計 / 許春風

發 行 人 / 宋政坤
法律顧問 / 毛國樑　律師
印製出版 / 秀威資訊科技股份有限公司
　　　　　114台北市內湖區瑞光路76巷65號1樓
　　　　　電話：+886-2-2796-3638　傳真：+886-2-2796-1377
　　　　　http://www.showwe.com.tw
劃撥帳號 / 19563868　戶名：秀威資訊科技股份有限公司
　　　　　讀者服務信箱：service@showwe.com.tw
展售門市 / 國家書店（松江門市）
　　　　　104台北市中山區松江路209號1樓
　　　　　電話：+886-2-2518-0207　傳真：+886-2-2518-0778
網路訂購 / 秀威網路書店：http://www.bodbooks.tw
　　　　　國家網路書店：http://www.govbooks.com.tw
圖書經銷 / 紅螞蟻圖書有限公司
　　　　　114台北市內湖區舊宗路二段121巷28、32號4樓
　　　　　電話：+886-2-2795-3656　傳真：+886-2-2795-4100

2011年06月BOD一版
定價：300元
版權所有　翻印必究
本書如有缺頁、破損或裝訂錯誤，請寄回更換

國家圖書館出版品預行編目

被黑潮撞響的島嶼：綠島詩. 畫. 攝影集 / 白靈, 張燦文等
　　作. -- 一版. -- 臺北市：秀威資訊科技, 2011. 06
　　　　面； 公分. -- （語言文學類；PG0519）
　　BOD版
　　ISBN 978-986-221-714-6（平裝）


831.86　　　　　　　　　　　　　　100002255

# 讀者回函卡

感謝您購買本書，為提升服務品質，請填妥以下資料，將讀者回函卡直接寄回或傳真本公司，收到您的寶貴意見後，我們會收藏記錄及檢討，謝謝！如您需要了解本公司最新出版書目、購書優惠或企劃活動，歡迎您上網查詢或下載相關資料：http:// www.showwe.com.tw

您購買的書名：_____

出生日期：_____年_____月_____日

學歷：□高中 (含) 以下　　□大專　　□研究所 (含) 以上

職業：□製造業　□金融業　□資訊業　□軍警　□傳播業　□自由業
　　　□服務業　□公務員　□教職　　□學生　□家管　□其它_____

購書地點：□網路書店　□實體書店　□書展　□郵購　□贈閱　□其他

您從何得知本書的消息？

　□網路書店　□實體書店　□網路搜尋　□電子報　□書訊　□雜誌

　□傳播媒體　□親友推薦　□網站推薦　□部落格　□其他_____

您對本書的評價：（請填代號　1.非常滿意　2.滿意　3.尚可　4.再改進）

　封面設計____　版面編排____　內容____　文／譯筆____　價格____

讀完書後您覺得：

　□很有收穫　□有收穫　□收穫不多　□沒收穫

對我們的建議：_____

_____

_____

_____

11466
台北市內湖區瑞光路 76 巷 65 號 1 樓

**秀威資訊科技股份有限公司** 收

BOD 數位出版事業部

⋯⋯⋯⋯⋯⋯⋯⋯⋯⋯⋯⋯⋯⋯⋯⋯⋯⋯⋯⋯⋯⋯⋯⋯⋯⋯⋯⋯⋯⋯⋯⋯⋯⋯⋯⋯⋯

（請沿線對折寄回，謝謝！）

姓　　名：＿＿＿＿＿＿＿　年齡：＿＿＿＿　性別：□女　□男

郵遞區號：□□□□□

地　　址：＿＿＿＿＿＿＿＿＿＿＿＿＿＿＿＿＿＿＿＿

聯絡電話：(日) ＿＿＿＿＿＿＿＿＿　(夜) ＿＿＿＿＿＿＿＿＿

E-mail：＿＿＿＿＿＿＿＿＿＿＿＿＿＿＿＿＿＿＿＿